木簡

山口昭男句集

青磁社

木簡＊目次

句集

木簡

鉱石ラジオ

「秋草」創刊

秋草へいよいよ強き月の照り

浚へたる泥あたたかき紫苑かな

黄落よ立方体のクルトンよ

佃煮の赤貝かたき初時雨

枯蓮東天紅に向きにけり

南天を押して出てくる裘

塵取は土のしめりの浮寝鳥

北風や一味を掬ふ竹の匙

草枯れて流るるもののみな枯れて

ペン軸をくはへ裕明忌を修す

土色の顔の出てきて飾売る

鳥の目のぼんやりとある深雪かな

熱いもの熱いまま食べ宵戎
雪達磨天文台の坂道に

少年の鉱石ラジオ日脚伸ぶ

薄氷の表の方が暗かりき

焼売の中の肉汁囀れり
鶏の真直ぐな首卒業す

桃咲いて赤子正しく人を見る

春眠や水の流れる水の中

太陽は音なく動き豆の花

大根の咲いて半熟卵かな

金鍔の四つ角かたき薄暑かな

アイロンの蒸気たのもし夏木立

ぽつと山ぽつかりと墓田水張る
てつぺんにあきて天道虫おりる

立葵本に茶色のハトロン紙

さみだれの山河明るし椀に飯

むづかしきことをしてをり金亀子

ががんぼを大づかみしてこの女

箱庭にゐる人みんな考へる

汗の人隣の汗を見てをりぬ

水飯や踏切今も高き音

風鈴のよぢれて秋の暑さかな

水の揺れとはあかときの蜩か

ひとともり雨に濡れゆく寺の秋

秋すだれ巻き直したる太さかな

西國へ水の傾く稲の花

エンジンの吹き出し口のねこじやらし
鶏頭の欠伸の如く咲いてをり

舟でゆく寺もありけり秋燕

置いてある石榴の中がまる見えで

真白な体操服と掛稲と
その人の言葉短く秋の暮

袱紗

とんばうの顔とんばうの脚の上

人坐るところ野菊の咲くところ

纜に大根の葉の近さかな

正面に軍艦のあり爐を開く

独白のやうに蓮の破れをり
水鳥のうしろ姿のあたらしく

つかのまのねむりのふかき十二月

ここからは別の人来て大根干す

餅筵みかんの皮の落ちてをり

山眠るパンに少しの干しぶだう

親展とあり冬空のひらききる

雪達磨藁をはさんでゐたりけり

大寒や噛めば音出る生野菜

こんなにも人の匂ひの綿虫が

水底にそくばくの銭日脚伸ぶ

冴返る巌に聲のあるが如し

立志伝読みつつ目刺焼いてをり

あたたかや鉋を持つて寺に入る

寄書のまんなかの文字水温む

木蓮や行李の中のうすき本

海中へ初蝶の眼の向いてをり

葉桜や卓布の上の白き布

掛けてゐる袋に色の生まれけり

ペリカンの喉のふくらみ更衣

来信や麦秋の日のもつと欲し

門開いて中がまる見え源五郎

日記には葵祭と書きしのみ
嘴の五月雨色となりしかな

根切虫古き記憶のはつきりと

白鳥小学校講堂青嵐

東の空の色なる杜若

合歓咲いて水の音する水枕

なにもかも古き簾の内のこと
日焼して一本長き柿の枝

紫の袱紗ひらけば百日紅

今朝秋の舌にとけゆくオブラート

甕のぞく蜩ほどの男かな

秋の蝶空気ほころぶところより

早稲の香の大病院でありしかな

をみなごは門に遊ぶや芋の秋

夕されば顔のおだやか女郎花

秋の蚊をつかみすてたる野守かな

まつすぐな赤子の尿鳥渡る
待つてゐる女が芒持つてゐる

邯鄲の一肢淫らに立つてをり

蓑虫を見てゐる勉強机かな

赤だしの鋭き粗も爽波の忌

大年や歯朶びつしりと井戸の中

金平糖

掛稲の左の方がまぶしくて
クレソンのしなやかな茎冬に入る

敷藁の土になじみぬ薬喰

おしろいの大きな刷毛よ水鳥よ

山羊の眼を枯野の中に置いてくる

冬の蝶水のあかりを嫌がりぬ

寒鯉の瞼重たき美術館

すつぽりと筒の氷のぬけてをり

跨ぐには大きすぎたるこの縕袍
葉を乗せて沈めて冬の水らしく

冬日浴ぶ校長室の眼鏡かな

菊枯れて鳩は爪先まで青し

手毬の子汚れることを嫌ひけり
笑ひたる赤子のごとき雪間かな

鉈の柄の布ポロポロと鱵漁

一水のまよひ末黒の芒かな

川波のあつけらかんとして春

水中へ日ざしのなびく二日灸

家中に箱がたくさん鳥の恋

春日や全盲にして馬に乗る

水草へ蝌蚪は顎をすべらせて
芽柳のびつしりとあるすきまかな

水音の枝垂桜によりかかり

沓脱は畳一枚葱の花

木簡の青といふ文字夏来る

鱚食うて大きな鼻のあからさま

何するでなく蠅叩もつてをり

青嵐金平糖の角いくつ

鮎食べてあをきにほひの畳かな

道すがら寄る寺もあり夏の月

万緑や牛の貌あるミルク罐

先生の言葉少なき茂かな

大寺の冷し瓜ならこの数で
金亀子もんどり打つてもとの位置

仏壇も仏も洗ひ家暑し

阿弥陀堂より夏痩の男かな

お施餓鬼の寝藁に湿りきつつあり

舌打ちの女出てくる大文字

ひとりづつ包む九月のバスタオル

秋の蚊のまともに水のくらさかな

葛咲くや雨はとぐろをまく匂ひ

鶏頭の重たき影の並びをり

指でよむ紙の表や秋の水

湖の端に扇を忘れけり

曼珠沙華夜空は母のにほひかな

松手入水の明りに足を置く

子規の妹

さからはぬ子規の妹烏瓜

手鏡に立冬の空まろび入る

お十夜の折目の多き白布かな

大根に大根の葉のはりつきぬ

ゆつくりと月の老いゆく薬喰

炭斗の中に木端と球根と

枯蓮にいふものなかりけり

爐開の雨粒ならば少し尖る

屑籠の横に我あり冬日あり

元日や埃の粒が顔の前

自動ドア次々開けて若菜の日

雪折や遺伝子学者易学者

立春の大きな欠伸ほどうれし

雪解水仏のなかを流れをり

蒲団より綿の見えたる涅槃かな

地下鉄に野焼のにほひ残りけり

桃咲いて扁桃腺を切る話

醬屋の前掛厚し鳥の恋

彼岸会のもの置くだけの椅子であり

体操の最後の呼吸すみれ咲く

桜しべ降るや革靴革鞄

しばらくは落花にまかす女身かな

薬の日さらりとソースかけにけり

踊場に蕗の暗さのおよびをり

黄色くて赤くて余り苗の先
下駄で来る男よかりし青嵐

とうすみはこの傾きの家が好き

梅雨の月大き嘘をしてをりぬ

さみだれをゆつくりぬけてゆくからだ

句集『槙櫨』

この人に五月雨傘をさしたくて

夕立へしばらく日ざしはりつきぬ

蛇の眼の草の色よりつめたきが

まるめてはすこしふくらむ紺水着

なつかしき足音来たり大文字

星飛んでしたしきものに飯茶碗

竹林は風住むところ星祭

葉から葉へとびちる雨も厄日かな

初嵐晒を巻いて出て行きぬ

虫籠に草びつしりとつめてある

鶏頭に犬の毛玉の乗つてをり

ふりむいて蟷螂の貌かたむいて

駄菓子屋の透明な瓶落とし水

豇摘む昔狂ひし男かな

こひぶみのはじめむづかしゐのこづち

種採の顔見せぬまま終りけり

蒲団袋

月夜なり包みてかろきかすみ草

月を待つみんな同じ顔をして

でこぼこの月の表や人淋し

立冬や殻うつくしき蝸牛

すきまなく畑に甘藍冬に入る

七五三大きな蟻の来てゐたり

棘抜の先の曲がりを浮寝鳥

狩の宿鉢のアロエのもりあがり

墨の香をまとひし女クリスマス

ペンキ屋にペンキの匂ひ寒波来る

極月の音の大きな洗濯機
涸るる水少し乱れてより流る

水涸れて蒲団袋は小豆色

なにがなし子規の食べたる薺粥

となりはや雫してをり草つらら
雪兎禰宜が笑へば巫女もまた

氷柱よりも光のぬけていくところ

麦踏のそのまま寺へ入りけり

浅き春夜は木箱の匂ひして

講堂の大きな花瓶山雪解

蘆焼いてとろりと水の残りけり

盆梅のその奥にある金庫かな

蕗の薹潮に色の来つつあり

春の雪ひたすら水にゆれてをり

宝石の小さな値札春の風

並びたる白き上靴桜咲く

電球の黒きソケット蝌蚪の水
吾が肝に鈴つけてみん朧の夜

木の中の水音はやき弥生かな

三人で運ぶ絨毯百千鳥

砂利道に遠足の列入りけり

人遠き母のたつきや葱の花

一枚の布になりゆく干潟かな

麦鶉目をつむりては歩み出す

いつまでも何にもしない雨蛙

神さびの男に親し根切虫

籾の名は五百万石蒔きにけり

ぼんやりと木かげ草かげ田水張る

神官の草履の音や源五郎

蟇産婆の顔で来てゐたり

沖に船寺に虞美人草の花

而して祇園祭の雑魚寝かな

田草取しばらく風に立つてをり

一泊の娘の蒲団合歓の花

尺蠖は男の襟を選びけり

見えてゐる水鉄砲の中の水

くりかへすささやきに似て水を打つ

露涼し昨日と同じ人とゐる

句集『風の往路』

風の路とは螢火を集めたる

初秋のぶあつき水に鯉育つ

ロボットの短き歩み稲の花

秋の蚊の大理石より冷たきが

月明の草刈道でありしかな

ばつた飛ぶ一膳飯屋といふところ

竹の根のみどりうきたる良夜かな

馬肉

「秋草」五周年

歩くたび風におされし千草かな

箒目に白き羽根浮く秋祭

教室の地図の光沢草の花

山中に蟹歩みたる寒さかな

流れ来る水を立たせて大根洗ふ

ねむたげな祠がひとつ大根引

消炭を撒きたる空の青さかな

焼藷を食べて都に深く入る

わが影の中に水鳥おいておく

北風や切口白き油揚

冬菜畑まで足跡のつきやすく

煤の紐見事に水を弾きをり

考へることのなくなり朴落葉

寒林へいつものの日ざしとはちがふ

鉄扉あり枝折戸のあり焚火あり

掌に硬貨の匂ひ日脚伸ぶ

湖に魚の明りや鬼やらひ

片栗の敵意もちたるごとく咲く

水温む寺の闇より道の闇

春風や色鉛筆に金と銀

鶯に腋といふものありにけり

切株のふかきしめりや大石忌

この火事は付火と言うて畑を打つ
あたたかや夜の白雲も水音も

竹林の今日しづかなる早苗かな

長々と辞書の凡例鱧の皮

波音の虞美人草でありにけり

麦秋や土よりはがす鳥の影

いたづらに蟻ふやしゆく屍かな

五月雨の音の定かに蔵の冷

給油所をかこみて草を刈つてをり

緑蔭やオーボエの音つかめさう

身をそらし見てゐる烏瓜の花

茅の輪出て昴ぶる虫に出合ひけり

水あかりしみ入る家の百日紅

手を置けば岩つめたかり今朝の秋

草市に垂れたるものの多かりき

その人の母と話して天の川

うなじよりかんばせくらき踊かな

秋潮の光を捨ててゐるところ

あさつきをこんなに切つて水澄んで

仲秋の脚長蜂が雨の中

やはらかく馬肉かみたる厄日かな

曼珠沙華門の中へと続きをり

水底へとどく日の先鳥威

子規の忌の殻すつぽりと茄卯

豊年の銀座に嫁をとる話

辻を出て辻に入るなり秋の暮

面妖に蝗は口を開きけり

ばつたりと妻にあふ日のねこじやらし

溜息のごとく石榴の裂けてをり
鮎落ちてピアノは音を追ひたがる

木星

僧が僧叱ってをるや柿の秋

鶏頭の咲きしあたりをうろうろと

秋収の郵便局に長く居り

水溜みんなきれいや菌山

足音のいまだをさなき時雨かな

真白なる石を好みし冬の蠅

雑炊や活字に艶のありし頃

木星の模様やすらか帰り花

湯豆腐の湯のゆるやかにふくらめり

冬ざれを来て首長き蛇口かな

枯蘆の風の揺れとは違ふゆれ

狐火を見る赤い服青い服

凍蝶にいささかの皺生まれけり

紅さしてとけはじめたる氷柱かな

春立つや牛乳瓶の紙の蓋

置いてゆくやうに淡雪降つてをり

大声で人呼んでをり梅の花

桃色の鳥の蹼大試験

追ひつけぬ水の流れや西行忌

あたたかや子に鰾あるごとし

裏返へりては春の水らしくなり

魚島や鞄の並ぶ大広間

空海の真白き肌蘆の角

火の上の鮑うごめく虚子忌かな

塗畦に日の切尖のあふれをり

傘開く大きな音や豆の花

大方は空へ行く鳥更衣

草刈つて冷たき風に立ちあがる

奇妙な灯蟲滑稽な灯蟲かな

菜殻火に味なき月の上がりけり

新緑やバターを包む銀の紙

鉤鼻と言はれ一八咲かせをり

歩みつつ止まることなき蠅の貌

玉葱を吊つて御祝儀袋かな

おどろきは蜥蜴の色の中にあり
滴りへ次の滴り追ひつきぬ

聞かぬふりして麨を食べてをり

浮世絵の大きな顔や蝸牛

箱庭の疲れてゐたる人らかな

今年の蠅叩去年の蠅叩

田の水のふかきみどりや三尺寝

草の雨木の雨そして釣忍

縛られて蟹茹であがる秋彼岸

新聞でゆるくくるみぬ萩の花

蟋蟀のつまらなさうな口元よ

秋の暮杖がこつんといふうただけ

大声で石榴を投げてよこしけり

一本の線より破れゆく熟柿

あとがき

平成二十二年に「秋草」を立ち上げてから七年がたちました。多くの方々に支えられ、人のやさしさやありがたさをまともに感じることができました。

俳句が、十七音の言葉のかたまりとして姿をあらわすとき、その新鮮さに驚くということがありました。びっくりしている自分に気づくという体験を通して、新しい俳句への一歩を踏み出せたのではないかと思う七年でした。

「秋草」七年の三百三十八句をまとめ、第三句集を『木簡』としました。この句集を編むことで、青磁社の永田淳氏に出会えたことは、短歌ファンとしては望外な喜びです。上梓に向けて、細やかな配慮もしていただきました。

これからも俳句における詩情を求めながら「秋草」と共にゆっくりと歩んで行ければと願っています。

平成二十九年四月

山口　昭男

著者略歴

山口　昭男（やまぐち・あきお）

昭和三十年　　神戸生まれ
昭和五十五年　「青」入会　波多野爽波に師事
平成十二年　「ゆう」入会　田中裕明に師事
平成十三年　第一句集『書信』
平成二十二年　「秋草」創刊主宰
平成二十三年　第二句集『讀本』

著書
『言葉の力を鍛える俳句の授業――ワンランク上の俳句を目指して』（ERPブックレット）

現住所　〒六五七―〇八四六　神戸市灘区岩屋北町四―三―五五―四〇八

句集　木簡

初版発行日　二〇一七年五月一五日
第二刷発行　二〇一八年二月　九　日
著　者　山口昭男
定　価　二四〇〇円
発行者　永田　淳
発行所　青磁社
京都市北区上賀茂豊田町四〇－一
（〒六〇三－八〇四五）
電話　〇七五－七〇五－二八三八
振替　〇〇九四〇－二－一二四二二四
http://www3.osk.3web.ne.jp/~seijisya/
装　幀　濱崎実幸
印刷・製本　創栄図書印刷

ISBN978-4-86198-381-8 C0092 ¥2400E